AF389761

Alfred de Vigny

Laurette - Das rote Siegel
(Historischer Roman)

e-artnow 2018

Henryk Sienkiewicz
Sintflut (Historischer Roman)

Franz Werfel
Die vierzig Tage des Musa Dagh (Historischer Roman)

Theodor Mügge
Erich Randal: Historischer Roman

Ernst Wichert
Heinrich von Plauen (Historischer Roman - Rittergeschichte des 15. Jahrhunderts)

Ernst Wichert
Heinrich von Plauen (Ritterroman)

Alfred de Vigny

Laurette - Das rote Siegel (Historischer Roman)

e-artnow, 2018
Kontakt: info@e-artnow.org

ISBN 978-80-273-1931-2

Inhaltsverzeichnis

Erstes Kapitel

Von meiner Begegnung auf der Landstraße

Die große Landstraße von Artois und Flandern ist lang und öde. Ohne Bäume und Gräben verläuft sie schnurgerade zwischen Feldern, die bei jedem Wetter mit einer gelben Schmutzschicht bedeckt sind. Auf dieser Straße befand ich mich im März 1815, und die Begegnung, die ich dortselbst hatte, ist mir seither unvergessen geblieben.

Ich war allein und zu Pferde; ich trug einen guten weißen Mantel, roten Rock, schwarzen Helm, Pistolen und einen großen Säbel. Seit vier Marschtagen und -nächten hatte es in Strömen geregnet; ich erinnere mich jedoch, daß ich aus voller Kehle das Lied des Giocondo sang. Ich war ja so jung! – Der König hatte im Jahre 1814 nur Knaben und Greise um sich gesammelt; wie es schien, waren alle Männer vom Kaiser verschleppt und aufgeopfert worden.

Als Gefolge König Ludwigs XVIII. waren meine Kameraden auf der Straße weit voraus, und ich sah am nördlichen Horizont ihre weißen Mäntel und roten Röcke schimmern. Die Lanzenreiter Bonapartes, die unseren Rückzug bewachten und uns Schritt für Schritt folgten, ließen am entgegengesetzten Horizont die dreifarbigen Wimpel ihrer Lanzen flattern. Mein Pferd war wegen eines verlorenen Eisens zurückgeblieben. Es war ein junges, starkes Tier, und ich gab ihm die Sporen, um meine Schwadron zu erreichen; so fiel es in Trab. Ich legte die Hand auf meinen dick mit Gold gepolsterten Gürtel; die Eisenscheide meines Säbels stieß scheppernd an meinen Steigbügel: Mein Stolz und mein Glück kannten keine Grenzen!

Es regnete immerfort, und immerfort sang ich. Bald wurde mir dies jedoch langweilig, und ich verfiel in Schweigen. Außer dem Regen und dem klatschenden Geräusch, das die Hufe meines Pferdes in den Fahrgeleisen hervorbrachten, war nichts zu hören. Die Straße war nicht gepflastert, und so versank ich im Schlamm und mußte wieder Schritt reiten. Meine Reitstiefel waren mit einer dicken, ockerfarbenen Schmutzkruste überzogen, und ihr Inneres füllte sich mit Regenwasser. Meine schönen, neuen goldenen Achselstücke, die mein Glück und meinen Trost ausmachten, waren von der Nässe aufgeweicht: Das betrübte mich.

Mein Pferd ließ den Kopf hängen, und ich tat desgleichen. Ich begann zu sinnen und legte mir erstmalig die Frage vor, wohin mich mein Weg führe. Mir war dies völlig unbekannt. Indessen hing ich solchen Betrachtungen nicht lange nach, weil ich ja davon überzeugt war, daß meine Pflicht bei meiner Schwadron liege. Die tiefe, unerschütterliche Ruhe, die ich im Herzen spürte, verdankte ich jenem unaussprechlichen Gefühl der Pflicht; ich versuchte mir dies zu erklären. Freudig ertrugen blonde und weiße Köpfe ungewohnte Mühsal, und so viele Männer, die in der bürgerlichen Welt ein glückliches Leben geführt hatten, setzten ihre gesicherte Zukunft ohne Bedenken aufs Spiel. Auch mir selbst hatte sich jene wunderbare Befriedigung mitgeteilt, die durch das Bewußtsein, daß man sich den Anforderungen der Ehre durchaus nicht entziehen könne, hervorgebracht wird. Wenn ich dies alles bedachte, so begriff ich leicht, daß die Selbstverleugnung eine viel einfachere und gewöhnlichere Sache ist, als man gemeinhin annimmt.

Ich fragte mich, ob die Selbstverleugnung uns möglicherweise angeboren sei. Was hatte es mit dem Bedürfnis auf sich, gehorchen zu müssen und den eigenen Willen wie ein drückendes Gewicht fremden Händen zu überantworten? Woher rührte das heimliche Glücksgefühl, dieser Bürde entledigt zu sein, und wieso hatte sich der menschliche Stolz nie dagegen empört? Ich sah zwar, wie dieser dunkle Trieb die Völker allenthalben zu starken Gemeinschaften verband; nirgends schien mir jedoch der Verzicht auf eigenes Handeln, eigene Worte, eigene Wünsche, fast sogar auf eigene Gedanken so unbedingt und furchteinflößend zu sein wie in der Armee. Ich erkannte, daß überall die Möglichkeit, Widerstand zu leisten, gegeben war, weil der Gehorsam des Staatsbürgers immer auf der Hut ist, steter Prüfung unterliegt und jederzeit aufgekündigt werden kann. Selbst die sanfte Ergebenheit der Frau kann ein Ende finden, wenn ihr ein Unrecht zugemutet wird; dann tritt sogar das Gesetz auf ihre Seite. Der Gehorsam des Soldaten dagegen, handelnd und leidend zugleich, den Befehl empfangend und ausführend, schlägt blind zu wie das antike Schicksal! Dieser Selbstverleugnung des Soldaten ging ich bis in ihre letzten Folgerungen nach: Sie kennt kein Wenn und Aber und kann bisweilen sogar zu verhängnisvollen Handlungen führen.

So sinnierte ich, während ich, von Zeit zu Zeit auf die Uhr schauend, meines Weges dahinritt. Ich nahm wahr, daß die Landstraße, die sich in gerader Linie ohne einen Baum oder ein Haus immer weiter dahinzog, die Ebene wie ein gelber Strich auf grauer Leinwand bis an den Horizont durchschnitt. Manchmal vermischte sich der wässerige Streifen mit dem ihn umrahmenden wässerigen Erdreich; wenn dann ein etwas hellerer Lichtstrahl über die öde Weite zuckte, bildete ich mir ein, auf einer lehmfarbenen Strömung inmitten eines schlammigen Meeres zu treiben.

Als ich den gelben Strich der Straße aufmerksamer prüfte, fiel mir in einer Entfernung von ungefähr einer Viertelmeile ein kleiner, dunkler Punkt auf, der sich bewegte. Dies erheiterte mich; es befand sich also jemand in meiner Nähe! Ich konnte den Blick nicht davon abwenden. Ich sah, daß sich der schwarze Punkt wie ich selbst in Richtung der Stadt Lille bewegte; der Umstand, daß er im Zickzack ging, zeigte mir an, daß er sich nur mühsam vorwärts arbeitete. Ich spornte mein Pferd und verringerte bald den Abstand zwischen mir und jenem Gegenstande, der vor meinen Augen in die Länge und Breite wuchs. Da der Boden hier etwas fester war, konnte ich den Trab wieder aufnehmen; bald meinte ich, ein schwarzes Wägelchen unterscheiden zu können. Da mich hungerte, hoffte ich, daß es ein Marketenderwagen sei. Meine Einbildungskraft verwandelte mein Pferd in eine Schaluppe, die nach vielen Ruderschlägen durch ein Meer, in welchem sie manchmal tief einsank, eine verheißende Insel anlaufen müsse.

Als ich bis auf hundert Schritt herangekommen war, konnte ich deutlich ein Wägelchen aus rohem Holz erkennen, das mit einer über drei Reifen gespannten Wachstuchplane bedeckt war. Es ähnelte einer winzigen, zweirädrigen Wiege. Die Räder versanken bis an die Achse im Kot; eine kleines Maultier wurde von einem schreitenden Manne am Zügel gelenkt. Ich ritt näher heran und betrachtete ihn angelegentlich.

Es war ein großer, kräftiger Mann von etwa fünfzig Jahren. Er trug einen weißen Schnurrbart, und sein Rücken war gekrümmt wie bei alten Infanterieoffizieren, die früher den Tornister getragen haben. Dem entsprach auch seine Uniform; mitunter lugte unter seinem abgeschabten blauen Mantel das Achselstück des Bataillonschefs hervor. Sein Gesicht zeigte harte, aber gutmütige Züge, wie sie so oft in der Armee angetroffen werden. Er sah mich unter seinen dicken schwarzen Brauen hervor von der Seite an, zog rasch eine Flinte aus seinem Karren, lud sie und nahm auf der anderen Seite seines Maultieres Deckung. Ich hatte seine weiße Kokarde bemerkt und brauchte ihm nur den Ärmel meines roten Rockes zu zeigen. Daraufhin legte er das Gewehr in den Wagen zurück und sprach:

»Na also, das ist etwas anderes! Ich dachte mir schon, daß Sie einer von den Kerls wären, die uns auf den Fersen sind. Etwas Trinkbares gefällig?«

»Gern«, antwortete ich, näher tretend, »seit vierundzwanzig Stunden habe ich nichts zu trinken bekommen.«

Eine Kokosnuß hing ihm am Halse, die schön verziert und als Flasche umgebildet war; sie war mit einem silbernen Hals versehen, und er schien sehr stolz darauf zu sein. Er reichte sie mir, und ich trank mit Behagen von dem Weißwein, den sie enthielt. Dann gab ich sie ihm zurück.

»Auf das Wohl des Königs!« sagte er, indem er trank. »Er hat mich zum Offizier der Ehrenlegion gemacht, darum ist es billig, daß ich ihm bis zur Grenze folge. Da ich den Achselstücken meinen Lebensunterhalt verdanke, muß ich zu meinem Bataillon zurückkehren; das schreibt mir meine Pflicht vor.«

Mit diesen mehr zu sich selbst gesprochenen Worten trieb er sein kleines Maultier wieder an, indem er sagte, daß wir keine Zeit verlieren dürften. Da ich derselben Ansicht war, setzte auch ich mich, einen Abstand von zwei Schritt einhaltend, wieder in Bewegung. Ich beobachtete ihn immerfort, ohne ihm jedoch eine Frage zu stellen; denn die geschwätzige Neugier, die bei uns so verbreitet ist, war mir seit je verhaßt.

In Stillschweigen versunken, setzten wir unsern Weg eine Viertelstunde lang fort. Als er dann haltmachte, um seinem armen Maultier eine kurze Rast zu gewähren, stieg auch ich vom Pferde und versuchte aus meinen Reitstiefeln, in denen meine Beine wie in Eimern staken, das Wasser herauszudrücken.

»Die Stiefel wachsen Ihnen an den Beinen an«, sagte er.

»Seit vier Tagen hatte ich keine Gelegenheit, sie auszuziehen«, erwiderte ich.

»Ach was, eine Woche später haben Sie es lange vergessen«, sagte er mit seiner wie verrostet klingenden Stimme.

»Zum Kuckuck, es ist keine Kleinigkeit, in diesen Zeiten auf sich selbst angewiesen zu sein! Wissen Sie, was ich dort im Wagen habe?«

»Keine Ahnung«, sagte ich.

»Eine Frau!«

Ohne großes Erstaunen sagte ich: »Oh«, und setzte mich langsam wieder in Bewegung. Er folgte mir nach. »Für die elende Karre habe ich eine Stange Geld ausgegeben«, fuhr er fort, »ebenso für das Maultier... Leider habe ich das alles nötig... Der Weg ist freilich ein bißchen lang.«

Ich bot ihm an, mein Pferd zu besteigen, falls er müde sei. Da ich übrigens seinen Aufzug, durch den er sich lächerlich zu machen fürchtete, nur mit einigen ernsten und schlichten Worten erwähnt hatte, taute er plötzlich auf, trat an meinen Steigbügel heran und klopfte mir aufs Knie. Dabei sagte er:

»Oho! Sie sind ein Braver, wenn auch einer der Roten!«

Der bittere Ton, in welchem er so von den vier »Roten Kompanien« redete, verriet mir, welch gehässiges Vorurteil die Armee diesem prächtigen Offizierkorps entgegenbrachte.

»Trotzdem kann ich Ihr Anerbieten nicht annehmen«, fuhr er fort, »denn ich verstehe mich nicht aufs Reiten. Überhaupt ist das nicht meine Sache.«

»Wie denn, Major! Als höherer Offizier sind Sie ja dazu verpflichtet!«

»Bah, ein einziges Mal im Jahr, wenn Inspektion ist, und auch dann nur auf einem Mietsgaul... Ich bin mein Leben lang nur in der Marine und bei den Fußtruppen gewesen; daher ist die Reitkunst für mich ein versiegeltes Buch.«

Dann ging er zwanzig1 Schritte weiter und blickte mich wiederholt von der Seite an, als erwarte er eine Frage. Da ich jedoch schwieg, setzte er seine Rede fort:

»Alle Wetter, Sie sind wahrhaftig nicht neugierig! Was ich Ihnen sage, müßte Sie doch sehr in Erstaunen setzen!«

»Das passiert mir recht selten«, antwortete ich. »Oho, wenn ich Ihnen erzählen würde, unter welchen Umständen ich das Meer aufgegeben habe, wollen wir einmal sehen!«

»Topp«, erwiderte ich, »es käme auf einen Versuch an. Dabei wird Ihnen warm werden, und ich vergesse vielleicht, daß mir das Regenwasser den Rücken herunter bis in die Stiefel läuft...« Der brave Bataillonschef, der selig wie ein Kind lächelte, nahm eine feierliche Haltung an. Er rückte seinen mit schwarzem Wachstuch bezogenen Tschako zurecht und zuckte auf jene bezeichnende Weise mit der Schulter, die nur der ehemalige Infanterist kennt; mit diesem Ruck schiebt er seinen Tornister ein wenig höher, um für einen Augenblick die Last desselben zu vermindern. Diese Bewegung ist dem Offizier zur Angewohnheit geworden.

Alsbald nahm er noch einen Schluck aus seiner Kokosnußflasche, gab seinem kleinen Maultier einen aufmunternden Tritt in den Bauch und begann seine Erzählung.

Zweites Kapitel

Die Geschichte des roten Siegels

»Zuerst müssen Sie wissen, mein Junge, daß ich in Brest zur Welt gekommen bin. Als Soldatenkind habe ich angefangen und mir schon als Neunjähriger die Halbration und den Halbsold verdient; mein Vater diente nämlich bei der Garde. Meine Liebe gehörte jedoch nur dem Meere; und so verbarg ich mich eines Abends, als ich auf Urlaub in Brest weilte, im Kielraum eines Handelsschiffes, das nach Indien segeln sollte. Erst auf hoher See wurde ich entdeckt; der Kapitän entschloß sich, mich lieber zum Schiffsjungen zu machen, als mich über Bord zu werfen. Als die Revolution ausbrach, hatte ich bereits meinen Weg gemacht; ich war, nachdem ich fünfzehn Jahre lang das Meer befahren hatte, zum Kapitän eines schmucken kleinen Handelsschiffes befördert worden. Da sich nun die ehemalige Marine, unsere gute, alte Marine – Potzelement! –, mit einem Schlage der Offiziere beraubt sah, wurden die Kapitäne der Handelsflotte entnommen. Dank dem Umstande, daß ich etliche Händel mit Flibustiern gehabt hatte, wovon ich Ihnen ein andermal erzählen kann, wurde ich mit dem Kommando einer Brigg namens ›Marat‹ betraut.

Am 28. Fructidor 1797 erhielt ich den Befehl, mich zu einer Reise nach Cayenne segelfertig zu machen. Dorthin sollte ich sechzig Soldaten und einen Deportierten bringen; dieser war der Letzte von hundertdreiundneunzig seinesgleichen, welche die Fregatte ›Décade‹ ein paar Tage vorher an Bord genommen hatte. Meine Order lautete dahin, diesem Individuum schonend zu begegnen. Das Schreiben des Direktoriums schloß ein zweites ein, welches mit drei großen roten Siegeln, die ein viertes viel größeres umrahmten, geschmückt war. Diesen Brief sollte ich erst öffnen, sobald ich den ersten Grad nördlicher Breite beim siebenundzwanzigsten oder achtundzwanzigsten Längengrad erreicht hätte, das heißt im Begriffe sei, die Linie zu passieren.

Dieses große Schreiben war von recht absonderlicher Gestalt: Mehr lang als breit, war es so fest verschlossen, daß ich weder zwischen den Ecken noch durch den Umschlag hindurch etwas von seinem Inhalt erspähen konnte. Ich bin nicht abergläubisch, und doch flößte mir dieser Brief Furcht ein. Ich schob ihn in meiner Kajüte unter das Glas einer schäbigen, kleinen englischen Uhr, die an einem Nagel über meinem Bett hing. Dieses Bett war ein zünftiges Seemannsbett, wie Sie dergleichen kennen. Doch halt! Ich weiß schon nicht mehr, was ich sage. Sie zählen ja höchstens sechzehn Jahre, können so etwas also noch gar nicht gesehen haben.

Ohne daß ich prahlen will, kann nicht einmal das Zimmer einer Königin so hübsch eingerichtet sein wie die Kabine eines Seefahrers. Jeder Gegenstand hat sein Plätzchen, sein Nägelchen. Nichts rührt sich. Das Schiff kann schlingern, soviel ihm beliebt, ohne daß etwas aus der Ordnung gerät. Die Möbel sind der Form des Schiffes und der kleinen Kabine angepaßt, die einem zusteht. Mein Bett war – eine Truhe. Klappte ich sie auf, so konnte ich darin schlafen; schloß ich sie, so diente sie mir als Sofa, auf dem ich sitzen und mein Pfeifchen rauchen konnte. Manchmal mußte sie einen Tisch ersetzen; dann konnte man sich auf zwei kleine Fässer setzen, die in der Kabine standen. Mein Fußboden war gewachst und blank wie Mahagoni; er glänzte wie ein Juwel oder glich einem Spiegel. Ei der Tausend, was für ein reizendes Zimmerchen! Auch meine Brigg besaß ihren Wert! Man unterhielt sich auf ihr in würdiger Form. So ließ sich die Reise angenehm genug an, wenn nicht... Doch ich will nicht vorgreifen.

Es wehte ein lustiger kleiner Nordnordwest. Ich war gerade damit beschäftigt, den Brief der Regierung unter das Uhrglas zu betten, als mein Deportierter die Kabine betrat. Er hielt ein hübsches Frauenzimmer von ungefähr siebzehn Jahren an der Hand. Wie er mir gestand, war er erst neunzehn Jahre alt, ein stattlicher, wenn auch etwas blasser Bursche, fast zu geschniegelt für einen Mann! Dennoch war er einer, der sich im Ernstfall besser bewährte, als es die meisten Alten an seiner Stelle getan! Sie werden es noch erfahren... Er hatte seinen Arm unter den seiner Frau geschoben; diese war frisch und heiter wie ein Kind. Ich mußte an zwei Turteltauben denken. Es war mir eine Freude, sie anzuschauen. Nach einer Weile sagte ich zu ihnen: ›Ei, ei, meine Kinder... Man besucht also den alten Kapitän. So schickt es sich. Zwar führe ich euch weit von dannen; aber wir werden um so mehr Zeit haben, miteinander bekannt zu werden.

Es wurmt mich, die gnädige Frau nicht in meinem Uniformrock zu empfangen; doch liegt dies daran, daß ich gerade damit beschäftigt bin, diesen vermaledeiten großen Brief dort oben unterzubringen. Will man mir nicht ein bißchen dabei helfen?‹

Jetzt zeigten sie so recht, was für wackere Kinder sie waren! Der junge Mann ergriff den Hammer, das Frauchen die Nägel, und sie reichten mir zu, was ich brauchte. ›Etwas weiter rechts‹, rief sie aus ... ›etwas weiter links, Kapitän!‹ Dazu lachte sie in einem fort, weil die schlingernde Bewegung des Schiffes meine Uhr hin und her schaukelte. Noch heute höre ich das feine Stimmchen rufen: ›Etwas weiter links, etwas weiter rechts, Kapitän!‹ – Sie machte sich ein Vergnügen daraus – ›Oho, kleine Ratte, das versichere ich Ihr, ich werde mich bei dem Gatten über Sie beschweren; dann soll er Sie gehörig ausschelten ... ja, ja...« Sie aber fiel ihm um den Hals und küßte ihn herzlich. Ach, was für ein reizendes Paar... Auf diese Weise schlossen wir Bekanntschaft miteinander. Wir waren im Handumdrehen gute Freunde.

Unsere Fahrt verlief überaus angenehm. Es herrschte ausgesprochen gutes Wetter. Da ich gewohnt war, an Bord von finsteren Gesichtern umgeben zu sein, lud ich das junge Paar täglich an meinen Tisch. Wenn wir unsern Zwieback und Fisch verzehrt hatten, hingen das Frauenzimmerchen und ihr Mann so lange mit den Blicken aneinander, als hätten sie sich nie vorher gesehen. Dann lachte ich aus vollem Herzen und scherzte über sie; fröhlich stimmten sie in mein Gelächter ein. Wahrscheinlich hätten auch Sie über uns drei Käuze gelacht, weil Sie nicht gewußt hätten, was der Anlaß unserer Fröhlichkeit war. Es war reinweg zum Entzücken, sie so verliebt ineinander zu sehen! Überall fühlten sie sich wohl; alles, was man ihnen in die Hände gab, machte ihnen Freude. Selbstverständlich waren sie auf Rationen gesetzt wie wir alle. Höchstens spendierte ich ihnen einmal ein Gläschen schwedischen Branntwein, wenn sie bei mir speisten; ein winziges Gläschen freilich nur, weil ich darauf bedacht sein mußte, meine Würde zu wahren. Sie schliefen in einer Hängematte, in der sie schaukelten wie die beiden Birnen dort in meinem verregneten Schnupftuch. Sie waren zufrieden und froh. So auch ich. Ich vermied, Fragen zu stellen. Was gingen mich als Seefahrer ihre Namen und Geschäfte an! Ich brachte sie auf die andere Seite des Meeres, als wären sie zwei Paradiesvögel gewesen!

Nach einem Monat waren sie mir derart ans Herz gewachsen, als ob sie meine eigenen Kinder gewesen wären. Den ganzen Tag über setzten sie sich zu mir, wenn ich sie rief. Der junge Mann schrieb an meinem Tische, das heißt auf meinem Bett; wenn ich wollte, half er mit bei Abfassung meines Berichtes. Dies verstand er bald ebensogut wie ich; ich war oft geradezu sprachlos darüber! Die junge Frau ließ sich auf ein Fäßchen nieder und nahm eine Näharbeit zur Hand.

Als wir eines Tages in dieser Weise beisammensaßen, sprach ich zu ihnen:

›Meine lieben Freunde ... Geben wir nicht, wie wir zu dreien hier beisammensitzen, ein rechtes Familienbild ab? Ich will nicht neugierig sein; aber vermutlich besitzt Ihr kaum so viel Geld, wie Ihr brauchtet, und doch seid Ihr viel zu schade dazu, zu hacken und zu graben, wie es die Deportierten in Cayenne tun müssen. Ehrlich gesprochen, ist dies ein garstiges Land, das kann ich versichern. Allerdings kann eine alte und in der Sonne gegerbte Wolfshaut wie ich dort leben wie ein großer Herr. Ich will keine müßigen Fragen stellen; wenn Ihr mir jedoch zugetan seid, wie ich annehme, so würde ich meine Brigg, die ja nur noch ein alter Holzschuh ist, liebend gern zum Teufel schicken und mich dort mit Euch einrichten, wenn es Euch recht wäre. Ich habe nicht mehr Anhang als ein Hund, und das verdrießt mich; da könntet Ihr mir wohl ein bißchen Gesellschaft leisten. Überdies habe ich ein ansehnliches Päckchen ehrlich erworbener Konterbande zusammengebracht, wovon wir leben könnten. Das würde ich Euch, wenn ich dereinst, um mich höflich auszudrücken, die Augen verdrehen sollte, hinterlassen.‹

Sie blieben ganz verwundert sitzen und blickten sich an, als vermöchten sie nicht an die Aufrichtigkeit meiner Worte zu glauben. Wie üblich, warf sich ihm das Frauenzimmerchen an den Hals und setzte sich, glutrot und weinend, auf seinen Schoß. Er schloß sie fest in die Arme, und auch in seinen Augen sah ich Tränen schimmern. Dann gab er mir die Hand und wurde noch bleicher als sonst. Leise sprach sie auf ihn ein, und ihr langes blondes Haar fiel ihr auf die Schulter. Ihr Haarknoten hatte sich gelöst wie ein Kabel, das abrollt; denn sie zappelte wie ein Fisch. Dieses Haar hätten Sie sehen müssen; es war wie lauteres Gold. Lange sprachen sie flüsternd miteinander, wobei der junge Mann ihr von Zeit zu Zeit die Stirn küßte; schließlich verlor ich die Geduld.

›Nun‹, fragte ich, ›wie gefällt Euch mein Vorschlag?‹

›Ja ... aber, Kapitän ... Sie meinen es natürlich sehr gut mit uns ...‹, sagte der Gatte. ›Aber ... das heißt ... Sie können doch nicht mit Deportierten leben, und darum...‹E r schlug die Augen nieder.

›Oho‹, sagte ich, ›ich weiß nicht, was Er verbrochen hat, um zur Verbannung verurteilt zu sein. Vielleicht wird Er es mir eines Tages verraten, vielleicht auch nicht, nach Belieben. Er sieht mir kaum danach aus, als ob ihn das Gewissen quälte, und ich bin fest davon überzeugt, daß ich in meinem Leben ganz andere Sachen gedeichselt habe ... Ihr Kinder! Donnerwetter, solange Ihr unter meinem Schutz steht, lasse ich Euch nicht im Stich, darauf könnt Ihr Euch verlassen! Lieber würde ich Euch wie zwei Täubchen den Hals umdrehen ... Sind die Tressen erst einmal herunter, so kenne ich keinen Admiral und gar nichts mehr...‹

Er schüttelte seinen braunen, übrigens nach der damaligen Mode leicht gepuderten Kopf und antwortete:

›Ich denke mir, daß es für Sie gefährlich wäre, Kapitän, wenn Sie zeigten, daß Sie uns kennen. Wir lachen, weil wir jung sind. Wir sehen glücklich aus, weil wir uns lieben ... Und doch gibt es für mich Augenblicke, in denen es mich schaudert, wenn ich an die Zukunft denke und nicht weiß, was aus meiner armen Laure werden soll.‹

Abermals zog er den Kopf seines Frauchens an die Brust. ›Das mußte dem Kapitän einmal gesagt werden... Meinst du nicht auch, Liebste?‹

Ich griff nach der Pfeife und stand auf; denn ich fühlte, daß mir die Augen feucht wurden, und das ziemte sich nicht für mich.

›Schön ... schön‹, sagte ich, ›das wird sich alles noch zeigen.‹ Mich an die junge Frau wendend, fuhr ich fort: ›Wenn Ihr der Tabakrauch lästig werden sollte, muß Sie hinausgehen!‹

Sie erhob sich. Ihr Gesicht glühte und war, wie das eines gescholtenen Kindes, naß von Tränen.

›Nebenbei bemerkt‹, sagte sie zu mir, indem sie ihren Blick auf meine Uhr richtete, ›das Schreiben dort haben Sie wohl ganz vergessen...‹

Ich spürte, wie mich dies beeindruckte; ein stechender Schmerz in meinen Haarwurzeln folgte ihren Worten.

›Zum Henker...‹, sagte ich. ›Ich habe wahrhaftig nicht mehr daran gedacht. Bombenelement, das ist ja eine nette Geschichte... Hätten wir den ersten Grad nördlicher Breite schon überschritten, so bliebe mir nichts übrig, als mich ins Meer zu stürzen. Wie froh bin ich, daß das Frauenzimmerchen mich an den garstigen Brief erinnern mußte!‹

Ich warf einen raschen Blick auf die Seekarte. Die Feststellung, daß wir wenigstens noch eine Woche Zeit hätten, erleichterte mich. Dennoch blieb mir das Herz schwer; ich wußte selbst nicht, warum.

›In puncto Gehorsam kennt das Direktorium keinen Spaß‹, sagte ich. ›Nun, diesmal bin ich noch glimpflich davongekommen. Die Zeit ist so schnell verstrichen, daß ich die Sache beinahe ganz vergessen hätte.‹

Ei, mein Herr, da hielten wir drei unsere Nasen in die Höh' und beguckten den Brief, als ob er zu uns sprechen wollte. Es bewegte mich eigentümlich, daß die durch das Bullauge hereinfallende Sonne das Uhrglas beschien und das große rote Siegel samt den kleineren aufflammen ließ wie ein feuriges Gesicht.

›Sieht es nicht aus, als träten ihm die Augen aus dem Kopfe?‹ fragte ich sie, um sie aufzuheitern.

›Ach, mein lieber Herr‹, sagte die Kleine, ›ich muß dabei eher an Blutstropfen denken...‹

›Wieso denn nur‹, sagte ihr Gatte, indem er nach ihrem Arm faßte, ›du irrst dich, Laure. Es sieht wie eine Einladung zur Hochzeit aus. Komm jetzt und ruhe etwas... Was geht dieser Brief dich an?‹

Sie entwichen, als wäre ihnen ein böser Geist auf den Fersen; dann stiegen sie an Deck.

Einsam blieb ich bei dem großen Schreiben zurück. Ich weiß noch heute, daß ich es, meine Pfeife sinken lassend, fortwährend anstarrte, als ob seine Augen gleich denen von Schlangen die meinen an sich zögen. Das große weiße Gesicht ... das unförmige Siegel in der Mitte ... weit offen wie ein gähnender Wolfsrachen ... es verdarb mir die Laune. Ich nahm meinen Rock und hängte ihn über die Uhr, weil ich weder an die Zeit noch an den verdammten Brief mehr erinnert sein wollte.

An Deck rauchte ich meine Pfeife zu Ende. Ich blieb noch dort, bis die Nacht hereinbrach.

Wir befanden uns dazumal auf der Höhe von Kap Verde. Die ›Marat‹ legte bei Rückenwind, ohne sich anzustrengen, ihre zehn Knoten zurück. Die Nacht war eine der schönsten, die ich je in Tropennähe erlebt hatte. Der Mond ging am Himmelsrand so groß wie eine Sonne auf; das Meer teilte ihn in der Mitte und erglänzte weiß wie eine schneeige, mit kleinen Diamanten besetzte Tafeldecke. Ich saß rauchend auf einer Bank und betrachtete das Schauspiel. Der diensttuende Offizier und die Matrosen starrten schweigend auf den Schatten, den die Brigg im Wasser bildete. Ich war es zufrieden, nichts zu hören. Ich liebte Ruhe und Ordnung. Lärm und Licht an Bord waren von mir verboten worden. Dennoch zeigte sich mir eine kleine rote Spalte vor meinen Füßen. Unter gewöhnlichen Umständen wäre ich augenblicklich in Harnisch geraten; hier betraf es jedoch meine kleinen Verbannten, und ich wollte, bevor ich mich ärgerte, feststellen, was sie trieben. Ich brauchte mich nur, zu bücken, um durch das Plankenwerk in ihr kleines Zimmer spähen zu können. Dies war es, was ich sah:

Die junge Frau lag betend auf den Knien. Eine kleine Lampe ergoß auf sie ihren Schein. Sie war im Hemd; von oben erkannte ich ihre bloßen Schultern, ihre nackten kleinen Füße und ihr verworrenes, langes Blondhaar. Schon wollte ich mich zurückziehen, aber ich sagte mir: ›Bah, ein alter Soldat wie ich ... was ist schon dabei?‹ – So blieb ich denn und schaute.

Der Mann saß, das Kinn in die Hände gestützt, auf einem Köfferchen und betrachtete die Betende. Sie hob den Kopf empor wie zum Himmel, und ihre großen, blauen, tränenfeuchten Augen ließen sie einer Magdalene gleichen. Während sie betete, hob er die Spitzen ihrer langen Haare auf und küßte sie still. Als sie geendigt hatte, bekreuzigte sie sich und lächelte verklärt, als träte sie ins Paradies ein. Ich sah, daß auch er sich bekreuzigte, doch schämte er sich dessen anscheinend; fürwahr, seltsam genug für einen Mann!

Sie stand auf, küßte ihn und streckte sich als erste in der Hängematte aus, in die er sie wortlos gebettet hatte, wie man ein Kind auf eine Schaukel setzt. Es herrschte eine Hitze zum Ersticken; sanft von der Bewegung des Schiffes gewiegt, schien die Frau einschlafen zu wollen. Ihre weißen Füße, in derselben Höhe liegend wie ihr Kopf, ruhten kreuzweis übereinander; ihr ganzer Körper war in ein langes, weißes Hemd gehüllt. Welch ein Liebreiz!

›Mein Lieber‹, sagte sie, schon halb im Schlafe, ›bist du denn nicht müde? Es ist doch schon spät.‹ Er hielt, ohne zu antworten, die Stirn noch immer in die Hände gepreßt. Dies schien seine brave Frau zu beunruhigen; wie ein Vogel, der aus dem Nest schaut, streckte sie ihren lieblichen Kopf aus der Hängematte und sah ihn sprachlos mit halbgeöffneten Lippen an.

Endlich sagte er:

›Ach, meine geliebte Laure, je mehr wir uns Amerika nähern, desto schwerer wird es mir, mich meiner Wehmut zu erwehren. Zwar weiß ich nicht, warum; doch glaube ich, daß die Zeit unserer Überfahrt die glücklichste unseres Lebens war.‹

›Das glaube ich auch‹, entgegnete sie, ›und nie möchte ich dort landen.‹

Die Hände faltend, sah er sie mit solchem Entzücken an, daß Sie es sich unmöglich vorstellen können.

›Und doch weinst du immer, wenn du betest, mein Engel‹, sagte er. ›Das betrübt mich sehr; denn stets fallen mir diejenigen dabei ein, an die du immer denkst, und ich muß fürchten, daß du deine Tat bedauerst.‹ ›Ich – sie bedauern...‹, rief sie tief verletzt. ›Ich – bedauern, daß ich dir gefolgt bin, Liebster! Glaubst du denn, ich liebte dich weniger, weil ich dir erst seit so kurzer Zeit angehöre? Ist man nicht mit siebzehn Jahren schon eine Frau, die ihre Pflichten kennt? Haben mir Mutter und Schwestern nicht gesagt, es sei meine Pflicht, dir nach Guayana zu folgen? Haben sie nicht versichert, daß ich damit nichts Ungewöhnliches täte? Mich wundert nur, daß dich dies gerührt hat, Liebster; es ist doch nur natürlich. Daher verstehe ich nicht, wie du jetzt annehmen kannst, daß ich mich beklage; ich bin doch bei dir, um mit dir zu leben und mit dir zu sterben, wenn es not tut.‹

Das alles sagte sie mit einer so milden Stimme, daß es wie Musik klang. Es bewegte mich so, daß ich brummte: ›Ei nun, tapferes Frauchen…‹ Der junge Mann begann zu seufzen und mit dem Fuß auf den Boden zu klopfen; dann bedeckte er das Händchen und den nackten Arm, den sie ihm entgegenstreckte, mit Küssen.

›Ach, meine liebe Laurette‹, sagte er, ›wenn ich bedenke, daß sie mich allein verhaftet und in die Verbannung geschickt hätten, wenn unsere Hochzeit nur um vier Tage aufgeschoben worden wäre, so kann ich mir nicht verzeihen.‹

Da hob das süße Frauchen beide Arme empor und strich ihm, seinen Kopf umfassend, über Stirn, Haare und Augen, als wolle sie ihn an sich ziehen und an ihrem Busen bergen. Dabei lächelte sie kindlich und plauderte ihm allerlei verliebte Torheiten vor, wie ich sie noch nie zuvor gehört hatte. Sie verschloß ihm mit ihren Fingern den Mund, um ungestört reden zu können. Sich spielerisch gebärdend und ihm die Augen mit ihrem Haar wie mit einem Tuche trocknend, sagte sie:

›Ist es nicht viel besser, daß du eine Frau zur Seite hast, die dich liebt? Sprich, Liebster… Es macht mich glücklich, mit dir nach Cayenne zu gehen; ich werde die Wilden und die Kokospalmen sehen, wie Paul und Virginie! Auch wir werden jeder eine Palme pflanzen; dann wird sich zeigen, wer der bessere Gärtner ist. Wir wollen uns eine kleine Hütte bauen. Wenn es dir recht ist, werde ich Tag und Nacht arbeiten. Ich habe Kräfte: Schau dir meine Arme an; ich wäre imstande, dich zu heben. Du darfst mich nicht auslachen. Übrigens bin ich im Sticken nicht ungeschickt; es wird schon eine Stadt dort geben, wo man Stickerinnen braucht. Auch kann ich Zeichen- und Musikunterricht erteilen, wenn es verlangt wird, und du wirst schreiben, wofern die Leute dort lesen gelernt haben…‹

Ich erinnere mich, daß der arme Junge bei diesen Worten vor Verzweiflung laut aufschrie! ›Schreiben…‹, stöhnte er, ›schreiben!‹

Und mit den Fingern der Linken umklammerte er sein rechtes Handgelenk. ›Schreiben … oh! Warum habe ich es gekonnt? Es ist das Gewerbe der Verrückten! – Und ich habe an die Freiheit der Presse geglaubt! Wo hatte ich da den Verstand? Ach, wozu? Um eine Handvoll dürftige und recht mittelmäßige Gedanken drucken zu lassen, die von Freunden gelesen, von Hassern ins Feuer geworfen werden, die zu weiter nichts dienen, als Verfolgung auf den Schreiber zu lenken! Um mich ist es zwar nicht schade; du aber, mein holder Engel, was hattest du, kaum seit vier Tagen verheiratet, für ein Verbrechen begangen? Erkläre mir bitte, wie ich einwilligen konnte, daß du mir folgtest! Weißt du denn, wo du dich befindest, mein armes Lieb? Ist dir klar, wohin du gehst? Noch ein Weilchen – und du wirst von deiner Mutter und deinen Schwestern sechzehnhundert Meilen entfernt sein – nur um meinetwillen! Das alles um meinetwillen!‹

Sie versteckte ihren Kopf für einen Augenblick in der Hängematte. Von oben konnte ich sehen, wie sich ihre Augen mit Tränen füllten; ihm blieb freilich ihr Gesicht verborgen. Als sie es ihm wieder zukehrte, lächelte sie, um ihn heiter zu stimmen.

›Wir können wahrlich nicht für reich gelten‹, sagte sie krampfhaft lachend, ›gucke in meine Börse: Ich besitze nur noch einen einzigen Louisdor. Und du?‹ Auch er lachte nun wie ein Kind.

›O je, ich besaß zwar noch einen Taler; aber ich habe ihn dem kleinen Racker geschenkt, der deinen Koffer trug.‹

›Ach, was kümmert uns das‹, sagte sie und ließ ihre Fingerknöchel wie Kastagnetten knacken. ›Man ist nie so vergnügt, als wenn man nichts besitzt! Und bleiben mir nicht zur Not die beiden Diamantringe, die mir Mutter geschenkt hat? Sie haben schließlich überall ihren Wert; wenn du willst, verkaufen wir sie. – Übrigens denke ich mir, daß uns der gute Kapitän noch irgendeine angenehme Nachricht vorenthält: Wahrscheinlich weiß er genau, was in dem Brief steht. Ich zweifle nicht, daß wir darin dem Gouverneur von Cayenne empfohlen werden.« »Möglich«, versetzte er, »wer kann es wissen?«

»Gelt…«, sagte das Weibchen, »du bist so brav, daß dir die Regierung nichts nachträgt und dich nur für eine Weile in die Verbannung schickt!«

Sie hatte so reizend gesprochen, hatte mich als guten Kapitän bezeichnet, daß ich zutiefst bewegt war. Im Herzensgrunde freute ich mich sogar darüber, daß sie vielleicht mit ihrer Äußerung über das versiegelte Schreiben das Rechte getroffen habe. Unterdessen fingen sie von neuem an sich abzuküssen. Ich stieß heftig mit dem Fuß gegen die Planke, um dem Treiben ein Ende zu bereiten. Ich rief:

»He, Leutchen, wißt Ihr nicht, daß es verboten ist, an Bord Licht zu machen? Ich ersuche, sofort die Lampe zu löschen!«

Sie bliesen das Licht aus, und noch im Dunkeln hörte ich sie wie Schulkinder kichern und plappern. Dann setzte ich meinen einsamen Spaziergang auf Deck fort und schmauchte die Pfeife dabei. Alle Sterne des Tropenhimmels, groß wie kleine Monde, standen an ihrem Platz. Die frische, balsamisch duftende Luft einatmend, blickte ich zu ihnen hinauf. Ich redete mir ein, daß die guten Kinder die Wahrheit erraten hätten, und mir wurde ganz wohl dabei. Sicherlich hatte sich einer der fünf Direktoren bekehrt und sie mir empfohlen. Zwar konnte ich mir den Zusammenhang nicht recht erklären; aber von Staatsgeschäften habe ich nie viel verstanden. Trotzdem glaubte ich schließlich daran und war unwillkürlich froh darüber. Ich ging in die Kajüte hinunter und besah mir den Brief unter meiner alten Uniformjacke. Er kam mir verändert vor; er schien mir zuzulächeln, und seine Siegel schimmerten rosig. Ich zweifelte nicht länger an seiner Wohlgeneigtheit und winkte sogar freundschaftlich zu ihm hinauf.

Gleichwohl ließ ich meinen Rock über ihm hängen; irgendwie war er mir verleidet.

Ein paar Tage lang beachteten wir den Brief nicht, und so konnte er unser Behagen nicht stören. Als wir uns jedoch dem ersten Breitengrad näherten, wurden wir immer stiller.

Eines schönen Morgens stellte ich beim Erwachen zu meiner Verwunderung fest, daß das Schiff sich nicht bewegte. Wahrscheinlich schlief ich noch, sozusagen mit einem Auge; als ich jedoch das Schlingern vermißte, riß ich beide Augen auf. Wir waren in eine vollkommene Flaute geraten, und zwar geschah dies unter dem ersten Grad nördlicher Breite und dem siebenundzwanzigsten Längengrad. Ich schob die Nase auf Deck; das Meer lag glatt wie Öl in einer Schüssel, und die offenen Segel waren sämtlich wie leere Ballonhüllen an die Masten geklebt. Sogleich sagte ich mir: ›Ich werde also Zeit haben, dich zu lesen!‹ Dabei schielte ich nach dem Schreiben. Ich wartete noch, bis die Sonne zur Rüste ging; indessen mußte der Zeitpunkt ja einmal kommen! Ich öffnete die Uhr und zog hastig die versiegelte Order heraus. Alle Wetter, mein Lieber, eine geschlagene Viertelstunde lang hielt ich den Brief in Händen und war nicht fähig, ihn zu lesen. Endlich raffte ich mich auf – ›das ist zu stark‹ – und zerbrach die drei kleineren Siegel mit dem Daumen; zuletzt zerbröckelte das große rote Siegel unter meinen Fingern zu Staub.

Als ich gelesen hatte, rieb ich mir die Augen und glaubte zu träumen. Abermals las ich den Brief von oben nach unten, dann zum dritten Male. Schließlich fing ich bei der letzten Zeile an und las von unten nach oben. Ich konnte es einfach nicht glauben. Da mir die Beine den Dienst versagten, setzte ich mich; ich rieb mir die Backen mit Rum ein und verteilte ein wenig davon in den Handflächen. Ich bemitleidete mich selbst, so töricht zu sein; doch ging dies im Nu vorüber. Dann stieg ich an Deck, um Luft zu schöpfen. Laurette war an diesem Tage so lieblich, daß ich ihr nicht zu nahen wagte. Sie trug ein einfaches weißes Kleid, das ihre Arme bis zum Hals unbedeckt ließ; ihr Haar fiel, wie immer, offen herab. Sie beschäftigte sich damit, ihr am Ende eines Taues befestigtes zweites Kleid in das Meer zu tauchen, und versuchte lachend, die Tanggewächse mit ihren Traubenbildungen, die immer auf den tropischen Meeren treiben, im Lauf zu hemmen.

›Komm schnell her und sieh die Trauben‹, rief sie aus. Ihr Freund legte ihr die Hand auf die Schulter und neigte sich über sie; das Wasser sah er nicht, weil er gerührt in ihren Anblick versunken war.

Ich bedeutete ihm durch Zeichen, daß ich ihn auf der Schanze zu sprechen wünschte. Sie drehte sich um. Ich konnte ihr Gesicht nicht sehen; aber sie ließ ihr Tau aus der Hand gleiten. Ihn wild am Arme fassend, stieß sie hervor:

›Oh, geh jetzt nicht zu ihm... Sieh, wie bleich er ist!‹ Dies mochte der Fall sein; jedenfalls lag ein Grund hierzu vor. Dennoch trat er zu mir auf die Schanze; an den großen Mastbaum gelehnt, starrte sie uns an. Wir gingen eine Weile auf und nieder, ohne zu sprechen. Ich rauchte eine Zigarre, die mir bitter schmeckte; ich spie sie ins Meer. Er folgte mir mit den Augen, ich ergriff ihn am Arm. Mir war, auf Ehre, zum Ersticken!

›Nun ja‹, sagte ich endlich zu ihm, ›erzähle Er mir ein wenig Seine Geschichte! Was zum Teufel hat Er eigentlich diesen verdammten Federfuchsern angetan, die sich wie fünf Könige da oben brüsten? Sie scheinen Ihm ja gehörig gram zu sein... Es ist zum Tollwerden!‹

Er zuckte die Achseln, senkte – der arme Junge – mit Lammsmiene den Kopf und sagte:

›Ach Gott, eigentlich nichts Besondres, Kapitän... Nichts weiter als drei Spottlieder auf das Direktorium ...‹

›Nicht möglich‹, stotterte ich.

›Lieber Gott, ja... Sie taugten nicht einmal viel, diese Lieder. Am fünfzehnten Fructidor wurde ich verhaftet und eingekerkert, am sechzehnten zum Tode verurteilt und dann zur Verbannung begnadigt.‹

›Es ist verrückt‹, antwortete ich. ›Die Direktoren scheinen gar empfindliche Gesellen zu sein; denn durch den Brief – Er weiß schon – erteilen sie mir den Befehl, Ihn zu erschießen!‹

Er schwieg und lächelte, zeigte also eine anerkennenswerte Haltung für einen Jüngling von neunzehn Jahren. Nur schielte er nach seiner Frau hinüber und wischte sich die Stirn, von der Schweißtropfen rannen. Naß war auch mein Gesicht, übrigens auch meine Augen. Dann hob ich an:

›Wahrscheinlich wollten die Genossen Seine Sache nicht zu Lande abmachen, weil es hier weniger auffällt. Natürlich ist das für mich besonders schmerzlich; denn, ein wie braver Kerl Er auch immer sein möge, der Pflicht kann ich mich nicht entziehen. Der Vollstreckungsbefehl ist ordnungsmäßig ausgefertigt, die Ausführungsbestimmungen sind unterschrieben und gesiegelt; da fehlt nichts daran.‹

Er machte mir errötend eine höfliche Verbeugung. ›Ich verlange nichts, Kapitän‹, versetzte er in unverändert sanftmütigem Tone. ›Ich wäre untröstlich, wenn Sie meinetwegen gegen Ihre Pflicht verstoßen würden. Ich möchte nur noch ein paar Worte mit Laure sprechen... Ich bitte Sie, sie zu beschützen, wenn sie, woran ich nicht glaube, mich überleben sollte.‹

›Oh, in dieser Sache kann Er vollkommen beruhigt sein, junger Freund‹, sprach ich zu ihm. ›Wenn es Ihm recht ist, werde ich sie zu ihrer Familie nach Frankreich zurückbringen. Solange sie meinen Anblick erträgt, werde ich sie nicht verlassen. Doch fürchte ich, daß sie sich von diesem Schlage nicht erholen wird, die arme, kleine Frau...‹

Er ergriff meine beiden Hände, drückte sie und sagte zu mir:

›Wackerer Kapitän, Sie leiden unter der Erfüllung Ihrer Pflicht mehr als ich, das fühle ich wohl. Was können wir da schon machen? Ich vertraue Ihnen, daß Sie meine Habseligkeiten für sie aufbewahren, um sie zu beschützen, und daß Sie darüber wachen, daß sie ihren Anteil erhält, wenn ihre alte Mutter einmal stirbt, nicht wahr? Sie werden ihr Leben und ihre Ehre hüten und darauf bedacht sein, ihre Gesundheit zu erhalten. Sehen Sie‹, fügte er leiser hinzu, ›sie ist sehr zart, muß ich Ihnen sagen ... Sie leidet öfter an Brustanfällen, bei denen sie an manchen Tagen mehrmals das Bewußtsein verliert; sie muß sich stets gut bedecken. Sie werden ihr also Vater, Mutter und, soweit möglich, mich ersetzen, nicht wahr? Wenn sie die Ringe, die ihre Mutter ihr geschenkt hat, behalten könnte, würde ich mich sehr darüber freuen. Müssen sie jedoch verkauft werden, so wird man sich der Notwendigkeit zu fügen haben. Ach, meine arme Laurette... Sehen Sie nur, wie schön sie ist...‹

Allmählich wurde es mir zu rührselig; ich begann die Brauen zu runzeln. Bisher hatte ich mit scheinbar unbekümmerter Miene zu ihm gesprochen, um nicht schwach zu werden. Jetzt aber konnte ich mich nicht länger beherrschen. ›Genug jetzt und Schluß‹, rief ich aus, ›unter Braven versteht man sich ohne viele Worte! Gehe Er hin zu ihr, spreche Er mit ihr... Und dann – Mut!‹ Ich drückte ihm freundschaftlich die Hand. Da er die meine aber nicht losließ und mich sonderbar ansah, fuhr ich fort:

›Ach was… Wenn ich ihm raten darf, so sage Er ihr nichts! Wir werden die Sache so in Ordnung bringen, daß sie nichts davon merkt… so wenig wie Er selbst… Lasse Er das meine Sorge sein.‹

›Ach‹, sagte er, ›das ist etwas anderes; ich wußte ja nicht… Wahrhaftig, es ist besser so… Übrigens der Abschied, der Abschied… man könnte schwach werden…‹

›Oho‹, sagte ich, ›sei Er kein kleines Kind, das rat' ich Ihm. Und gebe Er ihr keinen Kuß, wenn es möglich ist… Sonst ist Er verloren!‹ Ich drückte ihm nochmals die Hand, dann ließ ich ihn gehen. Mein Gott, wie schwer war mir das alles…

Er schien tatsächlich sein Geheimnis zu bewahren; Arm in Arm gingen sie nämlich eine Viertelstunde lang auf und nieder und kehrten dann zum Außenbord zurück, um das Tau und das Kleid an sich zu nehmen, die ein Schiffsjunge aufgefischt hatte. Plötzlich brach die Nacht herein. Der Augenblick war gekommen, da ich handeln mußte. Dieser Augenblick hat für mich jedoch bis heute gewährt, und ich werde ihn zeit meines Lebens wie eine Kugel am Bein mit mir herumschleppen müssen.«

Hier schwieg der alte Major. Ich hütete mich, etwas zu sagen, weil ich ihn nicht von seinen Gedanken ablenken wollte. Er schlug sich an die Brust und fuhr fort:

»Noch heute, muß ich Ihnen sagen, kann ich diesen Augenblick nicht ganz verstehen. Ich ergrimmte vor Zorn; gleichzeitig zwang mich jedoch etwas zu gehorchen und stieß mich vorwärts. Ich rief die Offiziere zusammen und befahl einem von ihnen:

»Ein Boot ins Meer, sofort… Diesmal müssen wir Henker sein! Nehmen Sie die Frau mit und rudern Sie mit ihr hinaus, bis Sie ewehrschüsse hören. Dann können Sie zurückkommen.‹

Einem Fetzen Papier gehorchen zu müssen – am Ende war es nichts weiter! Irgend etwas lag in der Luft, was mich stieß… Von weitem sah ich – o Grauen –, wie der junge Mann vor seiner Laurette kniete und ihre Knie und Füße mit Küssen bedeckte. Können Sie recht verstehen, wie unglücklich ich war?

Wie ein Rasender schrie ich: ›Reißt sie auseinander!… Wir sind alle Verbrecher!… Reißt sie auseinander! – Die Republik ist ein Leichnam, die Regierung ein Otterngezücht … Ich pfeife auf die See! Eure Rechtsverdreher fürchte ich nicht… Wiederholt ihnen meine Worte… Ich speie auf sie!‹ Ach, und doch galten sie mir so viel… Ich hätte sie ergreifen, sie alle fünf niederknallen lassen mögen – die Halunken! Ich hätte es getan… Damals lag mir am Leben so viel wie an dem Regen, den Sie fallen sehen … So viel lag mir daran… Was war es schon wert, ein Leben wie das meine… puh, das armselige Leben … der Teufel mag es holen…«

Mehr und mehr erstarb die Stimme des Majors, wurde verworren wie seine Worte. Auf die Lippen beißend und die Stirn runzelnd, setzte er seinen Marsch in wilder, unheimlicher Verstörung fort. Er führte kleine, krampfartige Bewegungen aus und hieb mit der Säbelscheide auf sein Maultier ein, als ob er es umbringen wollte. Ich sah mit Staunen, wie sich die gelbe Haut seines Gesichts zu einem dunkeln Rot verfärbte. Er riß sich heftig den Rock über der Brust auf und bot sie dem Regen und den Winden preis. Schweigend setzten wir unsern Weg fort. Ich erkannte, daß er von selbst nicht weitersprechen würde; so entschloß ich mich, eine Frage zu stellen.

»Ich verstehe«, sagte ich, als ob ich annähme, daß er seine Geschichte beendet habe, »daß man nach einem so entsetzlichen Abenteuer einen Widerwillen gegen seinen Beruf empfindet.«

»Ach was, Beruf… Sind Sie nicht bei Sinnen?« herrschte er mich an. »Darum handelt es sich nicht. Ein Schiffskapitän würde nie verpflichtet sein, sich als Henker zu betätigen, wenn es nicht Regierungen von Schächern und Schurken gäbe, die die Gewohnheit eines armen Menschen, gleich einer Maschine gehorchen zu müssen, gegen seinen Willen ausnutzen.«

Damit zog er ein rotes Schnupftuch hervor, in welches er hineinweinte wie ein Kind. Ich säumte einen Augenblick, als ob ich etwas an meinem Steigbügel zu richten hätte, und blieb eine Zeitlang hinter dem Karren zurück, weil ich ihm die Demütigung ersparen wollte, seine Tränen rinnen zu sehen.

Ich hatte richtig geraten; nach einer Viertelstunde kam auch er hinter sein armseliges Fuhrwerk und fragte mich, ob ich ein Rasierzeug im Mantelsack führe. Ich antwortete ihm kurz, daß mir ein solches bei meinem Mangel an Bart ohne Nutzen wäre. Dies kümmerte ihn jedoch nicht, weil er eigentlich etwas anderes sagen wollte. Befriedigt stellte ich fest, daß er in seiner Geschichte fortzufahren entschlossen sei; denn plötzlich sprach er mich folgendermaßen an: »Haben Sie schon einmal in Ihrem Leben ein Schiff gesehen?«

»Allerdings nicht«, erwiderte ich, »außer im Panorama in Paris, und auf die nautischen Kenntnisse, die ich dort erworben habe, möchte ich mich nicht verlassen.«

»Sie wissen also nicht, was man unter einem Ankerbalken versteht?«

»Keine Ahnung«, sagte ich.

»Es ist so etwas wie eine Stufe aus Planken, die sich vor dem Bug des Schiffes befindet; man wirft von dort den Anker ins Meer. Wenn ein Mann füsiliert werden soll«, setzte er leiser hinzu, »so wird er gewöhnlich dort aufgestellt.«

»Aha, ich verstehe: damit er ins Meer fällt!«

Er antwortete nicht, sondern begann, alle Arten von Booten, die eine Brigg mit sich führen kann, sowie ihre Lage auf dem Schiff zu beschreiben. Mit einem Gedankensprung setzte er sodann seinen Bericht mit einer geflissentlich unbekümmerten Miene fort. Diese erlernt man in langen Dienstjahren leicht, weil man als Vorgesetzter seinen Untergebenen die Verachtung gegenüber der Gefahr, den Menschen, dem Leben, dem Tode und seiner eigenen Person vorleben muß; allerdings verbirgt sich fast immer ein tiefes Gefühl unter der rauhen Schale. – Der Krieger trägt die Härte wie eine Maske aus Eisen vor seinem Gesicht; sie gleicht dem steinernen Verlies, das einen königlichen Gefangenen umschließt.

»Diese Boote können sechs Mann aufnehmen«, fuhr er fort, »sie sprangen hinein und nahmen Laure mit sich, ohne daß ihr Zeit zum Weinen und Schreien blieb. Ach, über diese Dinge kann sich ein anständiger Mensch niemals hinwegsetzen, besonders wenn er selbst dazu die Ursache bildet. Es sagt sich leicht: Derartiges vergißt man nicht... Ach, das abscheuliche Wetter! – Welcher Teufel hat mich dazu gebracht, Ihnen diese Geschichte zu erzählen! Wenn ich sie erzähle, so kann ich kein Ende finden; das ist sicher. Diese Geschichte betört mich wie der Wein von Jurancon. Bombenelement, welch ein Wetter. Mein Mantel ist völlig durch...

Ich glaube, ich habe Ihnen soeben von der kleinen Laurette erzählt... Die Ärmste! – Was gibt es doch für ausgemachte Tröpfe auf Erden! Dieser Offizier war so töricht, das Boot ausgerechnet vor den Bug der Brigg zu lenken. Allerdings kann man nicht immer alles voraussehen. Ich rechnete auf das Dunkel der Nacht, um das trübe Geschäft so unauffällig wie möglich abzumachen.

Ich dachte nicht an den Feuerschein, der aus zwölf gleichzeitig abgeschossenen Gewehren aufblitzt! Tausend Teufel! Sie sah vom Boote aus, wie ihr erschossener Mann ins Meer stürzte...

Wenn ein Gott dort oben lebt, so weiß er, wie das geschah, was ich Ihnen jetzt berichte. Ich weiß es nicht... und doch habe ich es gehört und gesehen, wie ich Sie höre und sehe ... Im Augenblick des Feuers fuhr sie sich mit der Hand nach dem Kopfe, als ob sie von einer Kugel in die Stirn getroffen, wäre. Dann saß sie im Boot, ohne in Ohnmacht zu fallen, ohne zu schreien oder zu sprechen ...; und kehrte auf die Brigg zurück, wann und wie es den anderen gefiel. Ich trat zu ihr und sprach lange, so gut es gehen mochte, auf sie ein. Sie schien mich anzuhören und sah mir, sich beständig die Stirn reibend, ins Gesicht. Sie verstand nicht ein Wort; ihre Stirn war gerötet, ihr Gesicht dagegen völlig bleich. Sie bebte an allen Gliedern, als bangte ihr vor der Welt. Und in diesem Zustand ist sie geblieben ... So ist sie unverändert, stumpfsinnig, geistesgestört oder verrückt – wie Sie es nennen wollen. Sie hat kein Wort mehr gesprochen, außer daß man ihr wegnehmen solle, was ihr im Kopf stecke.

Seit diesem Tage verfiel ich in eine Traurigkeit, die der ihren gleicht. Eine innere Stimme gebot mir: Laß sie nicht im Stich und behüte sie bis an das Ende ihrer Tage! – Und so habe ich es gehalten. Als ich nach Frankreich zurückkam, bewarb ich mich darum, mit gleichem Rang zur Landtruppe versetzt zu werden; denn ich haßte das Meer, in das ich unschuldiges Blut verspritzt hatte. Ich suchte die Familie Laures auf. Ihre Mutter war gestorben. Ihre Schwestern, denen ich die Närrin zuführte, wiesen sie ab und schlugen mir vor, sie in das Tollhaus von Charenton zu bringen. Ich kehrte ihnen den Rücken und behielt Laure bei mir.

Du lieber Gott... Wenn Sie sie sehen wollen, Kamerad ... bitte sehr!« »Sie liegt also da drinnen?« entfuhr es mir. »Natürlich... Schauen Sie! Einen Augenblick... Hoppla, das Maultier...«

Drittes Kapitel

Wie ich meinen Weg fortsetzte

Er brachte sein elendes Maultier zum Stehen, das seit meiner Frage wie verhext war. Dann hob er die Wachstuchdecke seines Wägelchens auf, als ob er das Stroh, welches dessen ganzes Innere füllte, richten wolle, und ein Bild des Jammers bot sich mir dar. Ich sah zwei auffallend große, wundersam geformte blaue Augen; sie traten aus einem blassen, abgemagerten, länglichen Gesicht hervor, das von einer Fülle glatten blonden Haares umrahmt war. Ich sah tatsächlich nur dieses Augenpaar; denn sonst lebte nichts an dieser Frau. Ihre Stirn war gerötet; die Backenknochen, die aus dem hohlen weißen Gesicht stachen, trugen bläulich schimmernde Flecke. Sie kauerte im Stroh, das kaum ihre Knie, auf denen sie Domino spielte, hervortreten ließ. Einen Augenblick lang sah sie uns an; dann befiel sie ein Zittern, das sich lange nicht legen wollte. Schließlich lächelte sie mir flüchtig zu und nahm ihr Spiel wieder auf. Anscheinend wollte sie ergründen, ob ihre rechte Hand ihre linke besiegen würde. »Hm«, sagte der Bataillonschef, »seit einem Monat schon spielt sie diese Partie. Vielleicht beginnt morgen eine neue von der gleichen Dauer. Toll, nicht wahr?«

Er schickte sich an, das Wachstuch an seinem Tschako zurechtzurücken, das sich durch den Regen verschoben hatte.

»Arme Laurette«, sagte ich, »du hast dein Spiel für immer verloren…das weiß Gott!«

Ich lenkte mein Pferd an den Karren heran und bot ihr die Hand; sie ergriff sie mechanisch, mit einem feinen Lächeln. Zu meiner Verwunderung bemerkte ich, daß sie zwei Diamantringe an ihren langen Fingern trug. Es mußten wohl die von ihrer Mutter sein, und ich fragte mich, wieso sie sie trotz ihrer elenden Lage hatte behalten können. Nicht um die Welt hätte ich dem Major darüber ein Wörtchen gesagt; da er jedoch meinen Blicken folgte, die auf Laures Händen ruhten, sprach er mit einem gewissen Stolz:

»Das sind stattliche Diamanten, nicht wahr? Sie würden schon ihren Preis erzielen; doch wollte ich nicht, daß sich das arme Kind davon trennen sollte. Wenn man sie nur berührt, fängt sie schon an zu weinen; nie will sie sie ablegen. Im übrigen klagt sie niemals, und bisweilen kann sie sogar nähen. Ich habe ihrem armen Mann Wort gehalten, und – bei Gott – ich bereue es nicht. Ich habe sie nie verlassen, sondern sie stets für meine wahnsinnige Tochter ausgegeben. Man hat mein Gefühl geachtet. Bei der Armee regelt sich alles leichter, als man in Paris denken würde… haha! – Wir haben zusammen an allen Feldzügen des Kaisers teilgenommen, und stets gelang es mir, sie aus der Affäre zu ziehen. Sie hatte es immer warm. Wenn Stroh und ein Wägelchen verfügbar sind, so läßt sich das schon einrichten. Sie hat sich immer ordentlich gehalten, und schließlich war ich mit dem Sold eines Bataillonschefs, meiner Pension von der Ehrenlegion und dem ›Napoleonssold‹ – er zählte dazumal doppelt – immer zahlungsfähig. Nie hat sie mir Ungelegenheiten verursacht. Im Gegenteil; ihre harmlosen Scherze haben die Offiziere vom Siebenten Regiment mehr als einmal zum Lachen gebracht.« Dann trat er an sie heran und klopfte ihr auf die Schulter, wie er es ebenso bei seinem Maultier hätte tun können.

»Ei nun, Mädel, sag dem Herrn Leutnant hier ein Wort, gelt? Und wenn es nur ein Kopfnicken wäre…«

Sie war jedoch bereits wieder mit ihrem Domino beschäftigt.

»Ach«, sagte er, »sie ist ein bißchen verwirrt heute; der Regen ist daran schuld. Allerdings erkältet sie sich niemals. Diese Verrückten kennen keine Krankheiten; so gesehen, hat man es bequem mit ihnen. Bei der Beresina und auf dem ganzen Rückzug von Moskau trug sie keine Kopfbedeckung. – Na, und nun spiele nur weiter, Mädel, kümmere dich nicht um uns! Tu nur immer, was dir beliebt, Laurette!«

Sie nahm seine Hand und legte sie sich auf die Schulter; dann führte sie diese schwarze, schwielenbedeckte Hand an ihre Lippen und küßte sie demütig wie eine Sklavin. Als ich dies sah, zog sich mir das Herz zusammen, und ich riß hastig den Zügel herum.

»Wollen wir nicht aufbrechen, Major?« fragte ich ihn. »Die Nacht wird kommen, ehe wir Béthune erreichen.«

Der Major schabte sorgfältig mit seiner Säbelspitze die Schmutzkruste von seinen Stiefeln; dann stieg er auf das Trittbrett des Karrens und zog der Insassin die tuchene Kapuze ihres Mäntelchens über die Ohren. Er nahm sein seidenes schwarzes Halstuch ab und band es seiner Pflegetochter um den Hals. Schließlich gab er seinem Maultier einen Tritt und sagte: »Marsch, schlechte Truppe...« Und so brachen wir auf.

Noch immer fiel trübselig der Regen herab; endlos dehnte sich die graue Ebene mit dem grauen Himmel darüber aus. Ein fahles Licht, die bleiche, feuchtverschleierte Sonne, sank hinter einer großen, regungslosen Windmühle. Wir überließen uns wieder einem tiefen Schweigen.

Ich betrachtete den alten Major. Er marschierte gelassen, mit langen, rüstigen Schritten seines Weges. Das Maultier hingegen war erschöpft,und auch mein Gaul ließ den Kopf hängen. Manchmal nahm der biedere Mann seinen Tschako ab, um entweder seine kahle Stirn oder seine spärlichen grauen Haare, seine dicken Brauen oder seinen weißen Schnurrbart, von denen das Wasser rann, zu trocknen. Es schien ihm gleichgültig zu sein, welche Wirkung sein Bericht auf mich ausgeübt hatte. Er hatte sich weder besser noch schlechter gemacht, als er war. Keinesfalls hatte er sich in Pose gesetzt; denn an sich selbst dachte er nicht. Eine Viertelstunde darauf begann er im gleiches Tone eine viel längere Geschichte aus einem Feldzug des Marschalls Masséna zu erzählen, in der er sein Bataillon gegen Gott weiß welche Reiterei hatte Karree bilden lassen. Ich hörte nicht hin, obgleich er in Eifer geriet, um mir die Überlegenheit des Fußsoldaten über den Reiter zu beweisen.

Die Nacht kam, doch wir hatten keine Eile. Der Schlamm wurde zäher und tiefer. Bis zum Himmelsrand war nichts auf der Straße zu sehen. Am Fuße eines Baumes, der als einziger am Wege stand, hielten wir an. Er versah zuerst sein Maultier, ich mein Pferd. Dann guckte er in den Karren wie eine Mutter in die Wiege ihres Kindes. Ich hörte ihn sagen: »Nun, mein Töchterchen, breite dir den Mantel über die Füße und versuche zu schlafen! Wohl, so ist es recht...Kein Tropfen kann hereindringen. Tausend Teufel, jetzt hat sie mir gar die Uhr zerbrochen, die sie am Halse trug...meine arme silberne Uhr. – Gleichviel...Versuche jetzt zu schlafen, mein Kind! Bald wird es wieder Schönwetter geben. – Seltsam ...sie fiebert immer. Das haben sie so an sich, diese Verrückten ...Schau, hier ist Schokolade für dich, Kindchen...«

Er lehnte den Karren gegen den Baum, und wir nahmen, um uns vor dem Regen zu schützen, zwischen seinen Rädern Platz. Dann teilten wir miteinander unser Stückchen Brot – ein karges Mahl!

»Es ist schade, daß wir nichts Besseres haben«, sagte er. »Und doch ist es immer noch besser als das in der Asche geröstete Pferdefleisch, mit Schießpulver an Stelle von Salz darauf, wie wir es in Rußland essen mußten. Arme Kleine...sie muß wohl den besten Bissen bekommen, den ich habe. Sehen Sie, daß ich sie immer für sich lasse. Seit der Geschichte mit dem Brief fällt es ihr schwer, die Gegenwart eines Mannes zu ertragen. Ich bin alt, und sie hält mich anscheinend für ihren Vater. Sie würde mich jedoch erwürgen, wenn ich sie nur auf die Stirn küssen wollte. Es ist immer noch etwas von ihrer Erziehung bei ihr zurückgeblieben, scheint es; denn niemals vergißt sie, sich einzuhüllen wie eine Nonne. – Närrisch, wie?«

Während er sprach, hörten wir sie seufzen: »Nehmt das Blei weg...nehmt das Blei weg....« Ich stand auf; er hielt mich jedoch zurück.

»Bleiben Sie«, sagte er, »bleiben Sie. Das hat nichts zu bedeuten. Sie sagt es ihr Leben lang, weil sie glaubt, daß ihr eine Kugel im Kopf sitze. Übrigens tut sie alles, was man ihr sagt, und zwar stets voller Sanftmut.«

Traurig seinen Worten lauschend, schwieg ich. Ich rechnete aus, daß von 1797 bis 1815 – dieses Jahr schrieben wir nämlich – achtzehn Jahre für ihn in dieser Weise verstrichen waren. – Lange saß ich schweigend an seiner Seite und bemühte mich, seinen Charakter und sein Schicksal zu deuten. Schließlich drückte ich ihm, ohne daß ein besonderer Anlaß vorlag, bewegt die Hand. Er war verblüfft.

»Vortrefflicher Mann«, sagte ich zu ihm.

Er antwortete: »Warum nur? Um dieser armen Frau willen?... Sie müssen verstehen, mein Sohn, daß dies meine verdammte Pflicht und Schuldigkeit war. Ich habe eben seit langem Entsagung geübt.« Dann begann er wieder von Masséna zu erzählen.

Am Tage darauf erreichten wir Béthune, ein häßliches, befestigtes Städtchen. Seine Mauern umschließen es so eng, daß die Häuser durch sie zusammengequetscht zu sein scheinen. Alles befand sich in Verwirrung, weil gerade Alarm gegeben worden war. Die Einwohner zogen die weißen Fahnen ein und nähten in ihren Häusern die drei Farben darauf. Die Trommler schlugen den Generalmarsch, die Trompeter bliesen auf Befehl des Herzogs von Berry: »Aufgesessen!« Lange picardische Wagen trugen die Schweizer Garde und ihr Gepäck. Die Kanonen der Gardes-du-Corps, die zu den Wällen rollten, die Wagen der Fürstlichkeiten und die sich formierenden Geschwader der »Roten Kompanien« versperrten die Straßen. Der Anblick der Königsgendarmen und der Musketiere ließ mich meinen alten Weggenossen vergessen. Ich stieß zu meiner Kompanie und verlor im Gewühl den kleinen Karren mit seinen armen Bewohnern aus den Augen. Und zwar – zu meinem großen Leidwesen – für immer!

Zum erstenmal im Leben hatte ich im Innersten eines alten Soldatenherzens gelesen. Diese Begegnung enthüllte mir eine Seite der menschlichen Natur, die mir bisher fremd gewesen war. Sie ist auch dem Vaterland wenig bekannt und wird von ihm unfreundlich behandelt. Sie nimmt jedoch seither in meiner Achtung einen bedeutenden Platz ein. Ich habe später in meiner Umgebung öfter nach solchen Männern Ausschau gehalten: nach Männern, die einer so vollkommenen und bedenkenlosen Selbstverleugnung fähig gewesen wären. Vor vierzehn Jahren trat ich in die Armee ein; nur dort, hauptsächlich in den armen, geringgeachteten Reihen der Infanterie, habe ich jene Männer von antiker Größe entdeckt, die das Pflichtgefühl bis zum Äußersten treibt. Sie bedauern ihren Gehorsam nicht, sie schämen sich nicht ihrer Armut; einfach in Sprache und Sitten, sind sie stolz auf den Ruhm des Vaterlandes, achten des eigenen nicht, sondern verharren freudig im Dunkel und teilen mit den Armen das schwarze Brot, das sie um den Preis ihres Blutes erkauft haben.

Lange wußte ich nicht, was aus meinem armen Bataillonschef geworden war; ich kannte nicht einmal seinen Namen, hatte ihn auch nicht danach gefragt. Einst im Jahre 1825 jedoch sagte mir ein alter Hauptmann der Linie in einem Kaffeehaus, wo er die Parade erwartete, auf meine Beschreibung hin folgendes:

»Ei Sapperment, mein Lieber... wohl hab' ich ihn gekannt, den armen Teufel! Er war ein braver Mann; eine Kugel hat ihn bei Waterloo gefällt. In der Tat hat er bei der Bagage so ein verrücktes Weibsbild zurückgelassen. Wir haben sie nach Amiens ins Spital gebracht, als wir zur Loire-Armee stießen; dort ist sie nach drei Tagen an der Tobsucht gestorben.«

»Das will ich glauben«, sagte ich, »hatte sie doch ihren Nährvater verloren!«

»Ei was – Vater! Was wollen Sie damit sagen?« fügte er verschmitzt und verständnisvoll lächelnd hinzu.

»Ich glaube, es wird zum Sammeln geblasen«, versetzte ich im Gehen.

Auch ich habe Entsagung geübt.

www.ingramcontent.com/pod-product-compliance
Lightning Source LLC
LaVergne TN
LVHW012316200726
843506LV00024B/2442